Aus meinem medizinischen Alltag

von
Dr. Winfried Berghoff

ISBN 3-8334-3300-0
Copyright by Dr. Winfried Berghoff
82131 Stockdorf
Printed in Germany 2005-05-20
Herstellung und Verlag: Books on Demand GmbH, Norderstedt

Vorwort:

Zur Unterstützung der Zeitschrift des Bayerischen Blinden- und Sehbehindertenbundes habe ich mehrere Jahre den medizinischen Teil gestaltet. Dabei wählte ich häufig vorkommende Themen aus meinem Praxisalltag.

Nachdem die Gratishefte, die ich in meinem Wartezimmer auslegte, auffällig große Aufmerksamkeit fanden, - es fehlten nämlich schnell die medizinische Heftseite oder sogar das ganze Heft, - kam mir der Gedanke, die bisherigen Artikel neu drucken zu lassen und gebunden herauszugeben.

Der bekannte Münchner Grafiker und Trickfilmanimator Armin Becker fand Spaß an meinen Artikeln und war bereit, sie zeichnerisch zu gestalten.

In dieser Zusammenarbeit hoffe ich medizinische Aufklärung und Weiterbildung in heiterer Weise zu vermitteln.

Möge dieser Versuch gelingen!

Dr. Winfried Berghoff

4

Inhalt:

Herz und Kreislauf

Damit das Blut den ganzen Körper, also alle Organe, Muskeln, Haut und selbst die Knochen mit Nährstoffen, Sauerstoff und Hormonen versorgen und andererseits Abfallstoffe und Kohlendioxid zu den Ausscheidungsorganen bringen kann, muss es durch den Antrieb des Herzens in das gesamte Adersystem gepumpt werden.

Das Herz ist eine faustgroße muskuläre Pumpe, die ganz einfach das Blut, was während der Erschlaffung des Herzmuskels in das „Hohlorgan" hineinfließt, wieder hinausquetscht, indem sich der Muskel zusammenzieht.

Da bleibt bei dieser physikalischen Betrachtung - nämlich das Herz ein Antriebsmotor - eigentlich kein Platz mehr für die märchenhaften Deutungen unserer Vorfahren über das Herz als „Sitz der Seele", was sich heute noch in der Sprache vielfältig erhalten hat zum Beispiel: „Er nahm sich ein Herz" oder „ein herzlicher Mensch" oder „ein Herz aus Stein". Man bestattete manchmal auch das Herz eigens an besonders heiligen Stätten oder an einem Ort, den der Verstorbene besonders geliebt hatte. Man gab dem Herzen in Unkenntnis eine überirdische Bedeutung, obwohl es doch nichts mehr macht als sich zusammenziehen und wieder erschlaffen.

Eigentlich besteht das Herz aus zwei Hälften und arbeitet wie eine Doppelpumpe. Die rechte Hälfte befördert das aus dem Körper kommende sauerstoffarme, dunkle Blut in die Lungen, während die linke Hälfte das in der Lunge mit Sauerstoff angereicherte, helle Blut wieder in den Körper pumpt. Der Blutfluss vom rechten Herzen zur Lunge und wieder zum Herzen zurück wird kleiner Kreislauf oder Lungenkreislauf genannt, der Blutstrom vom linken Herzen in den Körper und wieder zurück zum rechten Herzen heißt entsprechend großer oder Körperkreislauf. Ständig durchfließt diesen Weg - beziehungsweise diese zwei Kreise - das gesamte Blut, das sind beim Erwachsenen fünf bis sechs Liter, in nur ungefähr einer einzigen Minute!

Der Kreislauf besteht also aus der Summe aller Blutgefäße, die sich je nach den Erfordernissen durch die Muskelanspannung in den Wänden der Adern eng oder weit stellen können, dem so genannten „Gefäßspiel."

Somit besteht das Herz-Kreislauf-System und seine Erkrankungen aus zwei Anteilen: dem Antriebsmotor Herz und andererseits allen Adern: daher heißt auch das Herzzentrum in München: „Klinik für Herz- und Kreislauferkrankungen."

Der Blutdruck ergibt sich aus der Pumpleistung des Herzens und dem Querschnitt aller Adern, ähnlich der Wasserversorgung durch das Wasserwerk: Das Pumpwerk drückt das Wasser durch die Röhre und abhängig vom Durchmesser der Leitungen verhält sich auch hier der Druck.

Wenn man zum Beispiel den Gartenschlauch am Ende zusammendrückt, spritzt das Wasser weiter als vorher, weil sich der Druck erhöht hat. Aber der Vergleich mit der Wasserversorgung hinkt insofern als einerseits die Leitungen aus starren Rohren bestehen und andererseits die Wasserpumpe physikalisch anders arbeitet als das Herz, denn jedes mal, wenn sich das Herz zusammenzieht und dabei das Blut durch die Blutgefäße presst, steigt der Blutdruck und gleichzeitig werden die Arterien gedehnt. Sobald sich anschließend der Herzmuskel wieder entspannt, sinkt der Blutdruck, aber nicht auf Null, weil die aufgepumpten großen Arterien noch einen Restdruck erzeugen. Der Blutdruck schwankt also rhythmisch zwischen dem hohen, oberen - auch systolisch genannten - Wert und dem niedrigen, unteren, diastolischen Wert. Bei der Blutdruckmessung drückt eine aufblasbare Manschette die Arterie ab, bis der Puls nicht mehr fühlbar wird. Lässt man nun den Druck aus der Manschette langsam ab, kann man mit dem Hörrohr (Stethoskop) oder einem modernen Digitalgerät ein pulsierendes Geräusch hören: Das ist der Wert des systolischen Blutdrucks. Bei weiterem Ablesen des Manschettendruckes verschwindet das Geräusch, weil der Blutfluss nicht mehr eingeengt wird. Das ist der Moment, der den diastolischen Blutdruckwert darstellt. Bei der Blutdruckmessung müssen immer beide Werte, zunächst der obere, dann der untere, angegeben werden. Ein normaler Blutdruck liegt vor, wenn der obere Messwert 140 und der untere neunzig nicht überschreitet. Die noch vor einem halben Jahrhundert geltende Regel für den oberen Wert, nämlich Hundert plus Alter, war ein medizinischer Irrtum, zumal dann ein Achtzigjähriger 180 Blutdruck haben dürfte.

Diese Normwerte sind allerdings an die Bedingung körperlicher und seelischer Ruhe geknüpft!

Bei jedem Menschen schwanken aber sowohl die oberen als auch die unteren Druckwerte durch die augenblicklichen Lebensumstände: Seelische Erregung, körperliche Anstrengung oder kreislaufaktive Substanzen wie Kaffee, Alkohol oder Nikotin können die normalen Blutdruckwerte erhöhen. Schon die Gegenwart des Arztes lässt bei sensiblen Patienten den Blutdruck steigen – so genanntes Weißkittelphänomen -. Am häufigsten werden mir falsche Blutdruckwerte vom Frauenarzt und aus der Apotheke „geliefert".

Eine Messung vor oder nach einer frauenärztlichen Untersuchung ist ein ebenso ungeeigneter Augenblick, wie der, wenn jemand schnell mal in die Apotheke eilt, vielleicht noch mit zwei schweren Einkaufstaschen in den Händen. Die Erfindung des Lügendetektors, die auf Messungen von Blutdruck, Puls und Schweißabsonderung beruht, war daher ein Unsinn, da das Gerät ausschließlich die Empfindsamkeit einer Person widerspiegelt: bei einem erfahrenen Lügner jedoch biegen sich eher die Balken des Gerichtssaales, als dass der Zeiger des Lügendetektors auch nur zuckt.

Ewig Frühling, ein Traum für viele!

Lieber nicht, das wäre für ca. jeden 10. Mitmenschen eine Qual, denn nach der Winterruhe setzt mit der Blüte der Pollenflug ein, der für Allergiker die Ursache seines so genannten Heuschnupfens ist.

An trockenen Tagen fliegen die Pollen oft viele hundert Meter hoch und mehrere hundert Kilometer weit. So kann ein einziges Haselnusskätzchen Millionen von Pollen - das sind die Keimzellen des Blütenstaubes - abgeben, wobei je nach Sensibilität einige wenige pro Kubikmeter Luft genügen, um eine allergische Reaktion auszulösen.

Beim Allergiker besteht eine Überempfindlichkeit des Organismus gegenüber bestimmten Fremdstoffen, - in diesem Fall die Pollen -, die an sich zwar harmlos sind, aber vom Körper nach wiederholtem Kontakt wie „Gift" behandelt werden.

Die typischen Symptome sind dann Augenjucken, -tränen und -schwellungen sowie Anschwellen der Nasenschleimhäute mit Schnupfen und Niesreiz mit evtl. Kopfschmerzen, allgemeiner Mattigkeit sowie Schlafstörungen.

Der Arzt kann in Kenntnis der unterschiedlichen Pollenflugzeiten und mit speziellen Haut- und Bluttests die Pollenart bestimmen. Theoretisch besteht die wichtigste Therapie in der Meidung der krankheitsauslösenden Pollen, also zum Beispiel in eine Region fahren, die die Blütezeit schon hinter oder noch vor sich hat, oder Wiesen und Felder sowie sportliche Aktivitäten im Freien meiden, beim Autofahren Fenster und Lüftung schließen, ebenso tagsüber auf geschlossene Fenster in der Wohnung achten.

Außerdem kann der Arzt mit spezifischen Medikamenten lokal oder systematisch die allergische Reaktion unterdrücken. Es gibt sogar die Möglichkeit mit einem eigens für den Patienten hergestellten Impfstoff ihn langsam unempfindlich zu machen.

Interessant ist die Tatsache, dass vorwiegend Menschen der Stadtbevölkerung und hier wiederum besonders höherer sozialer Schichten (Schüler, Studenten, Künstler) an Pollenallergie leiden. Der Erkrankungsgipfel liegt zwischen dem zweiten und vierten Lebensjahrzehnt und bildet sich dann gewöhnlich wieder zurück.

Keinesfalls darf man einen Heuschnupfen als lästige Bagatelle abtun! Es können schwerwiegende Erkrankungen wie Nasennebenhöhlenentzündung oder Asthma die Folge sein.

Jetzt fällt mir zum Abschluss eine wahre Begebenheit aus meinem medizinischen Alltag ein. Bei der Untersuchung eines Patienten sagte ich überrascht: „Sie sind ja allergisch"! Mein Patient erwiderte: „Nein ich nix allergisch, ich türkisch"!

Vorsorge ist besser als Nachsorge

Als ich einen neuen Patienten fragte, was er denn für Sorgen hätte, entschuldigte sich dieser, er sei eigentlich beschwerdefrei und nur deshalb gekommen, weil seine Frau für ihn einen Termin ausgemacht hätte.

Nach Abschluss aller Untersuchungen stellte sich dann heraus, dass er zuckerkrank war und nur seiner Frau war es aufgefallen, dass er in letzter Zeit vermehrt Durst hatte und entsprechend häufiger Wasser lassen musste. Es gibt also Krankheiten mit nur unauffälligen Beschwerden, ja sogar Krankheiten, für die wir überhaupt kein Gespür haben. Zum Beispiel bekommen langjährige Zuckerkranke erst durch häufige Blutzuckerspiegelkontrollen manchmal ein Gefühl dafür, ob der Zucker zu hoch oder zu niedrig ist.

Ähnlich verhält es sich bei der Bluthochdruckkrankheit, die von manchen Menschen sogar als angenehm empfunden wird, ansonsten aber sind die Beschwerden bei Hochdruck denen des Niederdrucks ganz ähnlich: Kopfschmerzen, Schwindel, Müdigkeit. Es geht also nicht ohne Blutdruckmessungen! Dabei ist oft das Erdulden der Beschwerden nicht einmal das Hauptübel, vielmehr sind die Spätfolgen der Erkrankungen das Schreckliche, nämlich bei unseren Beispielen: Durchblutungsstörungen, Nierenversagen, Erblindung, Herz- und Hirnschlag. Ist es also nicht sehr sinnvoll, auch wenn man sich gesund fühlt, vom Arzt überprüfen zu lassen, zumal es so viele, dem Laien unbekannte, Krankheiten gibt?

Neben dem Gesichtspunkt der Schadensbegrenzung einer Krankheit durch die Früherkennung, gibt es noch den wichtigen Umstand, dass bei bösartigen Krankheiten leider oft nur der frühe Beginn der Behandlung eine echte Aussicht auf Überleben bringt. Besonders Männer fühlen sich oft ganz gesund bis plötzlich der Krebs ausbricht oder sie tot umfallen. Eine Frau als Lebensspenderin und Lebenshegerin besitzt da viel mehr Selbstgefühl.

Wie oft jemand zum Arzt gehen soll und welche Untersuchungen dann wirklich wichtig sind, hängt vor allem vom Alter, dem letzten Untersuchungsergebnis und persönlichen erhöhten Gesundheitsrisiko ab. Die erhöhte eigene gesundheitliche Gefahr hängt einerseits von den familiären Anlagen ab, also zum Beispiel vermehrtes Vorkommen von Herz- und Hirnschlägen, Zuckerkrankheit oder Krebserkrankungen in der Verwandtschaft, andererseits einer ungesunden Lebensweise wie z. B. Rauchen, Alkoholmissbrauch, Übergewicht oder beruflich bedingten Gefährdungen.

Jeder Mensch unterscheidet sich medizinisch gesehen vom anderen durch die unterschiedlichen Stärken und vor allem Schwächen, wobei sich diese gesundheitlichen Mängel nicht wegtherapieren lassen. Man muss mit ihnen leben, indem man sie in seiner Lebensweise berücksichtigt. Wenn also zwei das Gleiche tun, kann es unterschiedliche Folgen haben.

Da Männer in Deutschland, statistisch gesehen, sechs Jahre früher sterben als Frauen, müsste die Vorsorge bei Männern eigentlich intensiver, also häufiger und regelmäßig erfolgen. Was uns im Bereich der Technik in Form von Überwachung und Wartung selbstverständlich, ja in bestimmten Bereichen sogar gesetzliche Verpflichtung ist, sollte in der Medizin für jeden als Früherkennung- und Vorsorgeuntersuchung die gleiche Bedeutung und gesellschaftliche Anerkennung erlangen.

Eine „Rostlaube" eines ehemals stattlichen Gefährts ist genauso viel wert wie ein verfaulter Zahn, nämlich gar nichts: entsorgen!

Der Husten

Ein explosionsartiges Ausatmen - auch Husten genannt - ist ein zunächst natürlicher Reinigungsvorgang der Atemwege und Lunge: Es werden schädliche Stoffe und übermäßiger Schleim beseitigt. Ein gesundes Kind hustet deshalb zwischen einmal und dreißig mal täglich, ohne dass ein krankhafter Vorgang dahinter steckt.

Wenn aber Patienten über Husten klagen, stellt sich die Frage: Handelt es sich um eine zwar lästige, letztlich nur harmlose Störung, oder aber ist der Husten ein Alarmzeichen für eine ernsthafte, vielleicht sogar lebensbedrohliche Erkrankung. Man bedenke, es gibt über 300 verschiedene Erkrankungen, die Husten verursachen, wobei außer Erkrankungen der Atemwege und Lunge auch andere Organe schuld sein können.

Bei zum Beispiel verschiedenen Herzerkrankungen, die ein Nachlassen der Pumpleistung des Herzens zur Folge haben, kommt es durch stauungsbedingte Gefäßerweiterungen oder durch eine so genannte Stauungsbronchitis zu einer bronchialen Reizung. Dieser Husten wird typischerweise bei Belastung oder flachem Liegen verstärkt.

Des Weiteren ist eine nicht bronchial bedingte Ursache von Hustenreiz, wenn Magensäure aus dem Magen zurück in die Speiseröhre fließt, diese verätzt und sogar vor allem im Schlafen in Spuren eingeatmet wird: die so genannte Refluxkrankheit. In diesem Fall kommt oft zum Husten eine Heiserkeit, ein Räusperzwang, Sodbrennen oder ein Brennen hinter dem Brustbein hinzu. Es ist erstaunlich, aber es gibt sogar Medikamente, die als Nebenwirkung Hustenreiz auslösen.

Eine sehr häufige Ursache für einen plötzlich auftretenden Husten ist die akute Bronchitis, eine erregerbedingte Schädigung der Schleimhäute der Atemwege. Dieser Husten ist meist schmerzhaft und tritt oft zusammen mit Gliederschmerzen, erhöhter Temperatur, Kopfschmerzen oder Heiserkeit auf. Neunzig Prozent der akuten Bronchitis ist Virus bedingt und nur zehn Prozent durch Bakterien verursacht, so dass die Gabe eines Antibiotikums oft nicht zweckmäßig ist, denn ein Antibiotikum wirkt bekanntlich nur gegen Bakterien!

Nach solchen Infekten gibt es oft einen trockenen Reizhusten, der Ausdruck einer übersteigerten Empfindsamkeit des Atmungssystems ist und nach einigen Wochen auch ohne Behandlung vollständig abklingt. Dieser Husten ist aber insofern behandlungsbedürftig, als er nicht nur unsinnig und störend ist, sondern auch Muskelkater, Schlafstörungen und Übelkeit hervorrufen kann. Immer wenn ein Husten länger als drei bis vier Wochen besteht, ist es ein so genannter chronischer Husten und muss unbedingt abgeklärt werden. Morgendlicher Husten spricht für eine chronische Bronchitis. Dabei findet sich ursächlich am häufigsten eine Nasennebenhöhlenentzündung, die Raucherbronchitis, dann die bereits erwähnte Refluxkrankheit und das Asthma bronchiale, eine Verengung des Bronchialsystems mit Atemnot und vermehrter Ausscheidung eines zähen Schleims. Typischerweise treten die Hustenanfälle beim Asthmatiker vor allem nachts zusammen mit pfeifendem und zischendem Atemgeräusch auf. Gerade beim älteren Menschen können oft mehrere Ursachen für chronisches Husten verantwortlich sein. Im Alter werden nicht nur die Haut, sondern auch die Schleimhäute trockener. Hierdurch entwickelt sich oft ein trockener, oberflächlicher Husten. Der Arzt unterscheidet also ganz Verschiedenes beim Husten: er kann flach oder tief sein -, also ein Räuspern oder ein Bellen -, er kann mit Auswurf oder ohne sein, wobei die Farbe des Auswurfs auch eine Rolle spielen kann.

Der Arzt berücksichtigt die Tages- und Jahreszeit - zum Beispiel Pollenflug - oder Grippewellen -, sowie die Dauer des Hustens - akut oder chronisch - , auch den Beruf des Patienten - zum Beispiel Mehlstaub, Abgase -, und schaut auch nach Verbindungen zu anderen Krankheiten und vergisst auch nicht die letzte Ursache, nämlich die Seele. Denn die genaue Diagnostik ist die Voraussetzung für eine sinnvolle Therapie!

Dass die oft zu beobachtende Selbsttherapie mit oder ohne Apotheker überdurchschnittlich gut geht, liegt wohl daran, dass bei Betrachtung aller Ursachen für Husten die gutartigen im Vergleich zu den bösartigen überwiegen und das Gutartige darin besteht, dass es durch die natürlichen Abwehrkräfte von allein ausheilt. Nur weiß man das vorher nicht immer und so kann es zum Beispiel zur Lungenentzündung oder zu „vertaner" Zeit kommen.

Gewappnet gegen Sommerdurchfall oder Montezumas Rache

Wenn uns hier zu Lande die angenehmste und wohligste Zeit erfreut, lauern trotzdem typische Gefahren auf unsere Gesundheit. Da gibt es nicht nur den Sonnenbrand, die Kreislaufbeschwerden und die Insekten vieler Art, sondern besonders heimtückisch und durchaus ernst zu nehmen ist der so genannte Sommerdurchfall!
Die Wärme beschleunigt gewaltig die Vermehrung von Bakterien und Viren, die in nicht sterilen Nahrungsmitteln und Getränken enthalten sind. Dadurch begibt man sich beim Verzehr von zum Beispiel offenem Speiseeis, älterer Leberwurst sowie Kartoffelsalat, Majonaise, Austern und Muscheln, in große Gefahr, zu erkranken.
Bei Reisen in tropische und subtropische Länder finden sich die Durchfallerreger infolge höherer Temperaturen und mangelnder Hygiene wie Sand am Meer, in den schmackhaftesten Speisen. Das gilt nicht nur für kleine Happen an Imbissständen in Häuserecken und Märkten, sondern auch für große Menüs in gehobenen Hotels. Die Erreger gelangen vom Stuhl Infizierter an die Lebensmittel! Die Erkrankung heißt jetzt Reisediarrhoe oder im Volksmund: Montezumas Rache. Bei uns in Deutschland gibt es deshalb eine gesetzlich vorgeschriebene Gesundheitsuntersuchung für die Personen, die im Lebensmittelbereich tätig sind.
Charakteristisch für die Erkrankung sind mehrere wässrige oder ungeformte Stühle pro Tag, begleitet von Symptomen wie Fieber, Bauchkrämpfen oder Erbrechen. Nach zwei bis vier Tagen heilt die Erkrankung von selbst aus und gilt dann als relativ ungefährlich. Tritt keine Besserung von Tag zu Tag ein oder kommt es zu Blutbeimengungen im Stuhl, sollte nach 48 Stunden ein Arzt aufgesucht werden, notfallmäßig sollte der Reisende in der Fremde ein Antibiotikum aus seiner Reiseapotheke einnehmen. Um die Qual der Erkrankung zu verkürzen, ist das oberste Gebot der Ausgleich des Flüssigkeits- und Mineralstoffverlustes. Das heißt, viel trinken, am besten gibt man 1 Kaffeelöffel Kochsalz und 1 Esslöffel Zucker auf 1/2 Liter Orangensaft und 1 /2 Liter Mineralwasser.
Es gibt auch in der Apotheke fertige Mineralstoffpräparate. Zusätzlich haben sich so genannte Hefepräparate bewährt, die auch vorbeugend eingenommen werden können und rezeptfrei sind.

Vorbeugen heißt, die Hygiene-Regeln beachten! Frisch durchgebratene und gekochte Lebensmittel sind ungefährlich, weil die Hitze die Durchfallerreger abtötet. Ein altbewährter Spruch aus der Kolonialzeit heißt: Cook it, boil it, peel it or forget it, also: Brat, koch oder schäl es oder vergiss es!

(Einiges über den Magen)
Was der Magen alles leistet

Der Magen ist nicht nur ein erweiterter Muskelschlauch, der die sehr
unterschiedlichen Substanzen, die wir essen, durchmischen und wei-
tertransportieren muss, in ihm finden auch wesentliche Schritte zur
Zerteilung - also chemische Aufschlüsselung - der Nahrung statt. Zu
diesem Zweck findet man als innere Schicht eine Schleimhaut, die
den Magensaft produziert und zwar bis zu drei Liter jeden Tag! Damit es nicht zur Eigenverdauung kommen kann, enthält dieser Saft
zunächst sehr viel Schleim, dann die für die chemische Zersetzung
und Bakterienvernichtung, wichtige Salzsäure - übrigens von einer
Stärke, die zum Beispiel Zinkblech verätzen könnte - und zusätzlich
einen eiweißverdauenden Wirkstoff namens Pepsin.
Mehrere unterschiedliche Einflüsse regulieren die Ausschüttung des
Magensaftes, so dass die Menge der Säure normalerweise genau
dem Bedarf angepasst produziert wird:
Erreicht nämlich die aufgenommene Nahrung zunächst die Schleimhaut des Magens oder anschließend die Schleimhaut des nach dem
Magen folgenden Zwölffingerdarms, werden Gewebshormone,
Gastrin beziehungsweise Histamin genannt, freigesetzt, die zu einer
Salzsäureausschüttung führen. Ein dritter Weg geht über psychisch-
reflektorische Einflüsse, also über das Gehirn und das automatische
Nervensystem. Hier spielen der Anblick, Geruch und Geschmack,
aber auch die Fantasie, der zeitliche Rhythmus und Emotionen eine
bedeutende Rolle. Aus der Kompliziertheit dieser fein gesteuerten
Leistung ergibt sich natürlich die Störanfälligkeit dieses Organs. Die
Säureproduktionssteuerung über die Gewebshormone wird meist
durch zu fette, zu scharfe, zu süße, zu heiße oder zu kalte Speisen
und Getränke gestört, der psychisch-reflektorische Weg der Magen-
saftausschüttung wird vor allem durch unregelmäßige Verteilung der
Mahlzeiten, Hektik, nervöse Überforderung also Ärger und Sorgen
ungünstig beeinflusst. Die Folgen sind akute oder chronische Entzündung der Magenschleimhaut und Magengeschwüre. Die typischen Beschwerden sind Völlegefühl, Appetitlosigkeit, frühes Sätti-
gungsgefühl, Aufstoßen, Sodbrennen, Übelkeit und Schmerzen als
Druck, Brennen, Krämpfen oder Stechen. Die Behandlung besteht
natürlich in der Beseitigung der Ursache, die man durch gründliches

Überdenken der Ernährungs- und Lebensgewohnheiten ermittelt. Aber hierin liegt oft das große Problem: Wie kann ich zum Beispiel Ärger beseitigen, ein unregelmäßiges Leben oder Kantinenessen! Auf der anderen Seite aber: Vielleicht verträgt der „beleidigte" Magen dafür kleinere Mahlzeiten, besser gekaut und richtig temperiert - im Magen sind 37 Grad Wärme. Bei Misserfolg empfiehlt sich hier eine Beratung mit dem Arzt, der vielleicht zusätzlich untersuchen muss durch Abtasten, Röntgen oder Spiegelung (Gastroskopie). Aber die Diagnostik ist beim Magen nicht das eigentliche Problem, sondern die Therapie. Schließlich landen alle Sorgen und Nöte des Alltags bei einer gewissen Feinfühligkeit vor allem im Bauch! Man sagt ja auch: Der Ärger schlägt auf den Magen!

Das Reizdarmsyndrom

Wenn es im Bauch immer wieder hier kneift, dort sticht oder krampft oder auch nur drückt, dann muss man selbstverständlich zum Arzt gehen, um die Ursache abklären zu lassen. Nun kann es sein, dass der Arzt einen harmlosen Tastbefund erhebt, die Blutergebnisse ebenfalls normal sind, die Stuhluntersuchungen negativ sind und auch die Ultraschalluntersuchung und die Magen-Darmspiegelung keinen krankhaften Befund ergeben. „Wie kann es sein, dass man nichts findet", fragte mich neulich eine Patientin, „wo ich doch etwas habe?" „So etwas kann man sich doch nicht einbilden?" fügte sie noch hinzu. Man sollte daran denken, dass sich die Stärke von Beschwerden nicht parallel zu der Ernsthaftigkeit der Erkrankung verhalten. Harmlose Blähungen zum Beispiel, auch als „versetzte Winde" bekannt, können sehr eindrucksvolle Schmerzen verursachen, man spricht dann auch von „Darmschneiden", dagegen kann ein Krebskranker völlig beschwerdefrei sein und die Erkrankung wurde zufällig im Rahmen einer Voruntersuchung entdeckt.
In unserem Fall handelt es sich um das Krankheitsbild des „Reizdarm-Syndroms" mit den hauptsächlichen Krankheitszeichen Schmerzen, Blähungen, Verstopfung oder Durchfall. Der Arzt stellt die Diagnose durch das typische Beschwerdemuster und dem gezielten Ausschluss von körperlichen Krankheiten. Diese Beschwerden gehen häufig mit einer Angststörung oder Schwermut einher, welche das Krankheitserleben zwar beeinflussen, aber nicht die alleinigen Ursachen sind, so dass gewisse seelisch aufhellenden Heilmittel eine günstige Wirksamkeit zeigen. Starke oder langandauernde seelische Belastungen werden häufig als Auslöser des Reizdarmsyndroms beobachtet. Aber die Ursachen und die Krankheitsentstehung sind zur Zeit noch nicht im Einzelnen geklärt, insbesondere gibt es keinerlei gesicherten Hinweis für die Diagnose „Pilze im Darm", für die Übertragung von Infektionserreger, für Milchzuckerunverträglichkeit oder für einen Zusammenhang mit bösartigen Erkrankungen. Als gesichert gilt, dass die Beweglichkeit, Empfindsamkeit und Wahrnehmung von natürlichen Vorgängen des Magen-Darmkanals gestört sind, sodass unter anderem Krämpfe und Blähungen wesentlich früher und vor allem auch stärker als bei einem Darmgesunden empfunden werden. Durchschnittliche achtzehn Prozent der Bevöl-

kerung leiden unter dem Krankheitsbild des Reizdarmsyndroms, wobei die Erkrankung in allen Altersklassen vorkommt, vor allem aber zwischen dem dreißigsten und sechzigsten Lebensjahr mit einer größeren Häufigkeit bei Frauen. Die Lebenserwartung gegenüber der Allgemeinbevölkerung ist nicht vermindert!

Bei der Behandlung richtet sich der Arzt nach den vorherrschenden Beschwerden, denn derzeit ist kein Heilmittel in der Lage, alle Reizdarmbeschwerden gleichermaßen zu beeinflussen. Entsprechend gibt es Wirkstoffe, die Schmerzen, Stuhlgang, Blähungen oder die Darmnerven günstig beeinflussen. Dieses darmeigene Nervensystem, auch als „Bauchhirn" bezeichnet, kann fühlen und sich erinnern, nur denken kann es nicht. Deshalb kommt es gerade bei dieser Erkrankung auf die wahre „Heilkunst" an und die beruht immer noch vor allem auf eine gelungene Arzt-Patienten-Beziehung.

Worüber man ungern spricht: die Verstopfung

Verdauung ist die Aufspaltung der Speisen mit Hilfe der Verdauungssäfte zu kleinen Bruchstücken die durch die Darmwand hindurch in den Körper aufgenommen werden können. Hier im Dünndamm erfolgt die Trennung in für den Köper verwertbare und unbrauchbare Bestandteile. Über die Blutbahn gelangen diese Stoffe zu den Organen, die sie entweder weiterverarbeiten oder aber zur eigenen Versorgung verwenden. Wenn die Aufspaltung und Aufnahme gestört ist, kommt es zu Durchfällen, nicht aber zur Verstopfung, es ist also unsinnig, bei Stuhlverstopfung von „schlechter Verdauung" zu sprechen. Die noch verbliebenen, nicht verdaulichen Nahrungsbestandteile gelangen vom Dünndarm in den Dickdarm, - der nicht nur dick aussieht wie eine Leberwurst -, sondern die Aufgaben hat durch Entzug von Salzen und Wasser den Dameinhalt einzudicken. Die Verstopfung geschieht also im Dickdarm, die Verdauung im Dünndarm.

Der Dickdarm kennt zwei Bewegungsarten, einmal Knetbewegungen, dabei wird der Darminhalt zur besseren Eindickung hin und her bewegt, und zum anderen wellenförmige Vorwärtsbewegungen in Richtung auf den Enddarm, der dann bei Füllung den Stuhldrang auslöst.

Die Darmwanddehnung durch den Darminhalt ist der wichtigste natürliche Reiz für den Darm zu arbeiten. Ein Zuwenig an Vorbewegungen bewirkt Stuhlverhärtungen und Abnahme der Menge des Darminhaltes, aber bei einem Zuviel an Knetbewegungen entsteht das Gleiche.

Die Verstopfung kommt eigentlich immer nach der gleichen Kettenreaktion zustande: Infolge längerer Verweildauer des Darminhaltes vermehrt sich der Wasserentzug, wodurch der Darmdruck abnimmt und sich somit die Darmbewegung wie auch der Darmentleerungsreiz verzögert. Die normale Transportzeit des Darminhaltes beträgt durchschnittlich vierzig bis sechzig Stunden. Unter Verstopfung werden verschiedene Beschwerden zusammengefasst, nämlich harte Stühle, die Notwendigkeit zu Pressen, das Gefühl der unvollständigen Darmentleerung und seltener Stuhlgang, wobei aus medizinischer Sicht nur dreimal in der Woche noch genauso normal ist wie dreimal täglich. Nur etwa vierzig Prozent der Erwachsenen haben täglich Stuhlgang, hat aber jemand nur zwei oder weniger Entleerungen pro Woche, liegt eine Verstopfung vor, die man bei länger als dreimonatigem Bestehen chronisch nennt.

Trotz aller Unannehmlichkeiten braucht man aber keine Angst vor Vergiftung durch den mehrtätigen Darminhalt zu haben. Aus falscher Scham sprechen viele Betroffenen nicht einmal mit ihrem Arzt über diese Beschwerden, viele haben auch Angst vor unangenehmen apparativen Untersuchungen, die in den meisten Fällen gar nicht notwendig werden. Durch Befragung über die Umstände und Zusammenhänge der Beschwerden lassen sich für den erfahrenen Arzt Rückschlüsse ziehen. Dazu ist es wichtig, dass man sich überhaupt den Stuhl anschaut, nach der Beschaffenheit: zum Beispiel schafkotartig, nach der Farbe: zum Beispiel Teerstuhl, nach der Form: zum Beispiel Bleistiftstuhl oder nach der Menge.

Hundebesitzer wissen das und richten Art und Zeitpunkt ihrer Fütterungen und Spaziergänge nach ihren Beobachtungen.

Eine Faustregel heißt: Wenn man unter chronischer Verstopfung leidet oder aber älter als vierzig Jahre ist und vorher noch nie Probleme mit Verstopfung hatte oder wenn Verstopfung und Durchfall abwechseln oder wenn Blut oder Schleim im Stuhl bemerkt wird, sollte man den Arzt aufsuchen! Für Stuhlverstopfung gibt es sehr viele Ursachen. Sie kann zunächst einmal durch Erkrankungen am Darm selbst entstehen, also durch Verengung, Entzündung oder gar ein Gewächs.

Manchmal ist sie eine Begleiterscheinung von anderen Krankheiten, die nichts mit dem Darm direkt zu tun haben, wie die Zuckerkrankheit, Schilddrüsenunterfunktion oder die Schüttellähmung. Sehr häufig liegt es an unserer modernen Lebensweise, die gekennzeichnet ist durch Hetze, Zeitmangel, balaststoffarme Ernährung, zu geringe Flüssigkeitszufuhr und Bewegungsmangel, also ein Ergebnis unserer so genannten sitzlastigen Fastfoodgesellschaft. Bei vielen industriell verarbeiteten Nahrungsmitteln sind zuwenig unverdauliche Balaststoffe, wie sie zum Beispiel im Gemüse, Salaten und rohem Obst sind, die den Darm füllen, dehnen und damit zum Arbeiten anregen. Wenn man zu wenig Flüssigkeit aufnimmt, wird der Stuhl zwangsläufig hart und fest. Der Bewegungsmangel verlangsamt die Darmtätigkeit, der Transport des Nahrungsbreis wird verzögert, es kann ihm zu viel Wasser entzogen werden. In diesem Zusammenhang erhält der Spruch: „Sich regen bringt Segen", eine weitere Bedeutung. Bettlägrige Kranke sind durch diesen Umstand oft doppelt gepeinigt. Bekanntlich gibt es auch Nahrungsmittel, die auf den Stuhlgang einwirken können, wie zum Beispiel Schokolade, Bananen oder schwarzer Tee verstopfen, während Vollkornbrot, Pflaumen und Bohnenkaffee abführen. Der Arzt kennt auch eine Menge Medikamente, die als Nebenwirkung den Stuhl verhärten, wie zum Beispiel Hustenmittel, Medikamente gegen Sodbrennen, Eisenpräparate, Blutdruckmittel oder Stoffe gegen Depressionen. Auch seelische Belastungen, Ängste und Depressionen führen zur Verdauungsunregelmäßigkeit. Die Volksmedizin stellt hierzu fest: „Ihm ist es auf den Darm geschlagen!" Außerdem ist der Darm ein „Gewohnheitstier" und braucht feste Zeiten in vertrauter Umgebung.

Natürlich besteht die Behandlung in der Beseitigung der zutreffenden Ursache, aber häufig ist keine Ursache erkennbar und die Erbmasse lässt sich nicht verändern.

Die Erfahrung lehrt, dass den meisten Menschen mit chronischer Verstopfung mit allgemeinen Maßnahmen nicht geholfen werden kann. Vieles ist noch wissenschaftlich unerforscht und beruht nur auf Erfahrungsberichten, insbesondere für die zur Zeit oft gerade von Heilpraktikern gestellte Diagnose „Pilze im Darm" gibt es keine wissenschaftlich gesicherten Hinweise. Ohne Abführmittel lässt sich also bei der Mehrzahl der leidenden Menschen keine Besserung erzielen, wobei der Arzt das jeweils richtige Präparat zu wählen hat, denn es gibt verschiedene Wirkungsprinzipien mit entsprechend unterschiedlicher Wirkung und Nebenwirkung; hinzu kommt das Problem des Wirkungsverlustes durch die Gewohnheit bei längerer Einnahme eines Mittels.

Die Hälfte der über Fünfundsechzigjährigen benötigen daher leider Abführmittel, bei Frauen tritt die Verstopfung grundsätzlich dreimal häufiger auf als bei Männern.

Also auch der Darm altert und lässt in seiner Leistung nach, wie die übrigen Organe; einschließlich der „drei großen H" nämlich Hirn, Herz und Hoden.

Wenn Blähungen uns leiden lassen

Von den drei großen Höhlen des menschlichen Körpers nämlich: Kopf, Brustkorb und Bauchraum, klagen in meiner Praxis am häufigsten die Patienten über Bauchbeschwerden, wobei ich neben Darmträgheit und Magenkrämpfen als eine der häufigsten Ursachen das so genannte Blähbauchsyndrom finde: Das ist eine übermäßige Ansammlung von Gasen im Verdauungstrakt.

Dieser meist harmlose, doch schmerzhafte und unangenehme Zustand - international Meteorismus genannt -, verhält sich nicht in seiner Schmerzintensität proportional zur Menge der Gasansammlung; denn jeder Mensch hat Luft bzw. Gase, aber nicht jeder leidet deshalb!

Der Arzt hat natürlich jedes mal die Aufgabe herauszufinden, ob sich eine Krankheit hinter diesem Zustand verbirgt oder nur ein Fehlverhalten.

Neben der Luft in den Speisen sowie den Gasen in den vor allem sprudelnden Getränken, verschluckt ein jeder Luft beim Trinken und Essen in den Verdauungskanal. Aber über drei verschiedene Wege können wir die Gase wieder loswerden: Einmal durch das Aufstoßen, dann durch die Darmwinde und drittens unmerklich indem die Gase über die Darmwand ins Blut gelangen und zu den Lungenbläschen transportiert werden, wo sie dann abgeatmet werden.

Mit diesen drei Mechanismen werden pro Tag bis über einen Liter Gase abgegeben, wobei ein Teil - vor allem der übelriechende - besonders im Dickdarm durch bakteriellen Abbau von nicht resorbierten Nahrungsbestandteilen entsteht.

Schließlich ist unser Verdauungstrakt mit einer komplizierten chemischen Fabrik zu vergleichen, in der vielfältige Nahrungsstoffe in kleine wasserlösliche Bestandteile zerlegt werden müssen, um so für die Aufrechterhaltung aller Körperfunktionen die notwendige Energie, sowie Bausteine für den Stoffwechsel, zu liefern.

Da unser Verdauungssystem dieses für uns normalerweise völlig unbewusst, also automatisch leistet, sind wir meist auch etwas achtlos mit unserem Verdauungstrakt: Wir kauen zu wenig, trinken zu kalt, essen zu scharf und vieles andere mehr ... Wer aber unter Blähbeschwerden leidet, sollte gewisse Verhaltensweisen beachten, wobei jeder selbst herausfinden muss, was für ihn bedeutsam ist! Da denke ich an das „gaserzeugende" Gemüse wie Hülsenfrüchte (Bohnen, Erbsen, Linsen), die Kohlarten (Weißkohl, Wirsing, Blumenkohl) sowie Rettiche, Radieschen und Zwiebeln - vor allem roh -, dann aber auch rohes Obst, frische Teigwaren und sprudelnde Getränke, um die wichtigsten „Bläher" zu benennen. Sehr häufig ist aber auch emotionelle Aufregung und nervöse Spannung die Ursache von Meteorismus und dass der sogar auf's Gemüt geht, belegen so manche Sprichwörter aus dem Volksmund, wie zum Beispiel: Wenn's Arscher'l brummt, ist's Herzerl g'sund!

Vorbeugen ist besser als behandeln!

Bei der vorbeugenden Medizin gehört die Impfung zu den erfolg-reichsten Maßnahmen. Dass dies auch billiger kommt, erkennt man daran, dass die Krankenkassen, die sich vor allem aus Kaufleuten zusammensetzt, die Impfkosten mehr und mehr übernehmen. Man bedenke, dass die Impfung tatsächlich oft zeitlebens vor bestimmten Erkrankungen schützt, außerdem bleibende Schäden verhindert und somit eine Verlängerung des Lebens bewirkt.

Im Herbst mit der Zunahme des nasskalten Wetters greifen die Grippeviren unsere Atemwege an. Jetzt sind alle diejenigen gefähr-det, deren Abwehr nicht in Ordnung ist - und wer weiß schon genau wie es um ihn steht, wenn er nicht geimpft ist?

Als besonders gefährdet gelten Menschen höheren Alters und Pati-enten mit Herz- und Atemswegserkrankungen, Zuckerkrankheit und nachgewiesener Abwehrschwäche, angeboren, erworben oder thera-piebedingt. In dieser Risikogruppe besteht nicht nur die Gefahr er-höhter Infektionsbereitschaft, sondern vor allem die Neigung, Kom-plikationen wie zum Beispiel Lungen-, Herz- und Hirnentzündungen zu erleiden.

Weiterhin werden Impfempfehlungen ausgesprochen für Personen mit berufsbedingt erhöhter Ansteckungsgefahr oder Menschen, die in Pflege- und Gemeinschaftseinrichtungen leben oder bei Auftreten von Massenerkrankungen.

Die übliche Grippeimpfung liegt also im Spätsommer bis Winterbe-ginn, bei Nachzüglern wird aber die Impfung den Umständen ent-sprechend noch bis März sinnvoll.

Da das Grippevirus sich ständig wandelt, ist der Impfschutz mit ei-nem aktualisierten Impfstoff derzeit leider noch jährlich neu aufzu-frischen, aber die gute Verträglichkeit und problemlose Kombinier-barkeit mit anderen Impfungen stimmt versöhnlich.

Aktiv impfen heißt, den eigenen Körper selbst Abwehrkörperchen erzeugen zu lassen, so dass er sich mit diesen Abwehrkräften als Makroorganismus gegen die zahllosen Mikroorganismen, die ihn feindlich attackieren, wehrt. So kann man mit der Impfung nicht nur Krankheiten aussterben lassen - wie zum Beispiel die Pocken oder bald auch die Kinderlähmung -, sondern vielleicht schon bald die Geißeln der Gegenwart wie Aids und Krebs erfolgreich bekämpfen.

Zum Schluss aus meinem Alltag: Neulich fragte eine Mutter ihr gerade von mir geimpftes Kind: „Weshalb hast du diesmal bei der Spritze gar nicht geweint?" Es entgegnete zum Erstaunen seiner Mutter: „Das war ja gar keine Spritze, sondern nur eine Impfung!"

Erkältungskrankheit

„Mit dem Husten und Schnupfen hat mich mein Kollege angesteckt und der hat es von seiner Frau", so o.ä. hört man es immer wieder, wenn die kühlere Jahreszeit beginnt. Aber das ist falsch, denn hier handelt es sich um eine Erkältungskrankheit und nicht um eine Infektionskrankheit, wie es die Grippe, der Thyphus oder die Malaria sind. Der Atmungstrakt ist nicht keimfrei und so werden die Erreger bei geschwächter Abwehrlage aktiv und setzen eine Endzündung. Wäre es anders, dann müsste z.b. ein Hals-Nasen-Ohren-Arzt immer krank sein.

Erkältung heißt nämlich Abkühlung, was wiederum infolge einer schlechten Durchblutung verminderte Abwehr bedeutet: also Abwehrschwächung durch mangelnde Blutzirkulation. Ein Sprichwort heißt: „Den Kopf halt kalt, die Füße warm, dann wird Doktor und Apotheker arm."

Ist der Kopf warm, hat man vielleicht Fieber, sind aber die Gliedmaßen unterkühlt, stimmt infolge mangelnden Kälteschutzes oder Kreislaufs die Durchblutung nicht.

Es gibt angeborene und erlernte Fähigkeiten. Der Kreislauf ist eine solche. Von den angeborenen Fähigkeiten unterscheiden sich die erlernten dadurch, dass diese der wiederholten Übung oder Benutzung bedürfen, um erhalten zu bleiben. Aus diesem Grund z.B. können die Leute heutzutage oft schlecht Kopfrechnen, nachdem bei jeder Gelegenheit ein Rechner benutzt wird. Kreislaufstudien haben ergeben, dass zur Stabilisierung tägliche Anstrengungen von 10minütiger Dauer notwendig sind, wobei man zumindest außer Atem kommen sollte. Wer hat das heute schon!

Daher stehen Kreislaufkrankheiten und damit auch die Erkältungskrankheiten mit an häufigster Stelle. Was ist vorbeugend zu tun? Gegen die Grippe gibt es vor allem die Impfung, aber gegen die Erkältung den Schweiß! Den „fleißigen" mit Sport und anderen Bewegungsarten bis hin zum Treppensteigen und den „faulen" - man lässt schwitzen - mit Saunieren und Wasserkuren.

Osteoporose, eine Volkskrankheit

Knochen sind keine tote Substanz, sie werden vielmehr lebenslang auf- und abgebaut, repariert und erneuert. Die Vorgänge werden durch mechanische Faktoren wie körperliche Belastung, Hormone, Wachstumsfaktoren und lokale Zellsubstanzen, so genannte Zytokine, gesteuert. Zudem spielen erbliche Faktoren und vor allem die Ernährung eine wichtige Rolle.

Während der Kindheit und Jugend nimmt die Knochenmasse insgesamt bis etwa zum dreißigsten Lebensjahr zu. Um diese Zeit erreicht jeder Mensch normalerweise seine höchste Knochenmasse, die so genannte Spitzenknochenmasse. Dann hält sich der Knochenumbau, also Auf- und Abbau, über Jahre im Gleichgewicht: Nach dem 35. - 40. Lebensjahr jedoch beginnt ein langsamer, aber ständiger Verlust an Knochenmasse. Von nun an verliert der „Durchschnittsmensch" 0,5 bis zwei Prozent Knochensubstanz im Jahr. Das gehört ganz normal zum Älterwerden, wie zum Beispiel die Alterssichtigkeit oder das Grauwerden der Haare.

Wenn der Knochenmassenverlust jedoch ein gewisses Maß überschreitet, spricht man von einer Osteoporose „poröser Knochen" - jener Krankheit, die vermehrt zu Knochenbrüchen, vor allem an Wirbelkörpern, Oberschenkelhals und Unterarm führt. Die Weltgesundheitsorganisation hat dieses Leiden in die Liste der weltweit zehn bedeutendsten Volkskrankheiten aufgenommen. Allein in Deutschland sind schätzungsweise sieben Millionen Menschen an Osteoporose erkrankt.

Das „Organ" Knochen besteht aus zwei völlig unterschiedlichen „Bausteinen": außen besitzt er eine harte Schale, während innen ein dreidimensionales Netzwerk aus zarten Knochenbälkchen - wie ein Schwamm - besteht. Diese Konstruktion gibt dem Knochen die Festigkeit, ähnlich dem berühmten Eifelturm, der nicht einfach wegen seiner Masse dasteht. Entsprechend ist bei der Osteoporose die erhöhte Brechbarkeit, vor allem durch die Zerstörung der Knochenfeinstruktur bei gleichzeitiger Abnahme der Knochenmasse und Dichte bedingt. Typischerweise kommt es zu so genannten Spontanbrüchen, also ohne ein entsprechendes Unfallereignis, besonders in den Wirbelkörpern oder zu Oberschenkelhals- oder Unterarmbrüchen bei geringfügigen Anlässen.

Derzeit sind in Mitteleuropa im Laufe eines Lebens jede dritte Frau und jeder fünfte Mann betroffen. Auf Grund der Zunahme der Lebenserwartung ist der „Knochenschwund" immer mehr im Vormarsch begriffen.

Weil Frauen älter werden als das andere Geschlecht, vor allem aber, weil es ab den Wechseljahren zu einem Östrogenmangel kommt, der zu einem Knochensubstanzverlust von fünf Prozent pro Jahr führen kann, erkranken sie auch häufiger an Osteoporose. Außer Östrogenmangel und Alter gibt es weitere Risikofaktoren für Osteoporose, wie zum Beispiel eine schlechte erbliche Veranlagung, Bewegungsmangel, verminderte Knochenentwicklung in der Jugend, Übergewicht, Rauchen, übermäßiger Alkoholgenuss und vor allem eine falsche Ernährungsweise. Da Kalzium der wichtigste Grundstoff für den Knochenaufbau darstellt, sollten die Speisen auch viel Kalzium enthalten, dazu gehören Milch und Milchprodukte, Gemüse und Fisch. Damit das aufgenommene Kalzium nicht erfolglos über den Urin ausgeschieden wird, muss genügend Vitamin D3 im Stoffwechsel bereitstehen. Erst dieses ermöglicht die Aufnahme von Kalzium aus dem Darm und den Einbau in die Knochensubstanz. Der Körper kann allerdings auch Vitamin D3 in der Haut unter Einfluss von Sonnenlicht selbst bilden, daher ist es vor allem bei älteren Menschen wichtig, viel an der frischen Luft zu sein.

Durch Druck- und Zugkraft, welche die Muskeln auf die Knochen ausüben, wird der Knochenaufbau gefördert, aber bereits eine Woche Bettruhe kann zu einem Knochenmassenverlust von einem Prozent führen. Bewegungen bei denen man gegen die Schwerkraft arbeitet wie Gehen, Wandern oder Tanzen, sind der beste Schutz vor Osteoporose.

Knochen und Gelenke verhalten sich leider in der Vorsorge gegensätzlich: die Knochen brauchen den Stoß, die Erschütterung als Wachstumsanreiz, die Gelenke benötigen die kraftvolle Bewegung zur Festigkeit, so dass zum Beispiel Schwimmen mehr den Gelenken, nicht aber den Knochen nützt, dagegen Laufen und Springen den Knochen gut tut, dagegen für die Gelenke eine Gefahr darstellt.

Aber wie spürt man die beginnende Osteoporose?

Leider gibt es keine Frühzeichen, da diese Krankheit als solche zunächst symptomlos verläuft, ähnlich der beginnenden Zuckerkrankheit, der Hochdruckkrankheit oder dem Krebs. Starke Rücken-

schmerzen, die Abnahme der Körpergröße um mehr als vier Zentimeter, die Ausbildung eines Rundrückens („Witwenbuckel") zum
Beispiel sind Zeichen einer bereits weit fortgeschrittenen Erkrankung. Nur durch eine vorsorgliche Knochendichtemessung ist der
Zustand und die Entwicklung der Knochen zu beurteilen; dann kann
man rechtzeitig eine Behandlung einleiten und damit schwere
Schicksale vermeiden.

Von Osteoporose-Forschern und Gesellschaften wird daher dringend
empfohlen, Knochendichtemessungen durchzuführen: bei Frauen
nach den Wechseljahren bei denen der Arzt zusätzlich Risikofaktoren feststellt und allen Frauen ab dem 65. Lebensjahr, oder ältere
Männer mit Risikofaktoren. Leider zahlen diese vorsorglichen Knochendichtemessungen die gesetzlichen Versicherungsträger bei uns
nicht, sondern erst, wenn es zu einem Knochenbruch gekommen ist;
dabei ist doch die Behandlung von Brüchen und Behinderten so teuer.

Meine Kollegen und ich fragen sich, warum ist das so? Schlafen die
gesetzlichen Krankenkassen oder schläft das Ministerium oder
schlafen sogar beide?

Ein Nahrungsmittel wird zum Gift; die Zuckerkrankheit

Wie eine schleichende zunehmende Vergiftung, nämlich mit Müdigkeit und Schlappheit, zusätzlich vielleicht mit trockener Haut und
Juckreiz, vor allem mit vermehrtem Durst und entsprechend mehr
Harndrang und Wasserlassen, geht der spürbare Beginn der Zuckerkrankheit los. Der Arzt nennt diese Krankheit Diabetes mellitus,
wörtlich übersetzt der „süße Durchfluss", weil infolge eines erhöhten Blutzuckerspiegels - normal bis 100 mg% nüchtern gemessen -
der Zucker ab einer gewissen Höhe im Urin nachweisbar wird, wo
er aber nicht hingehört.
Obwohl die Zuckerkrankheit als Stoffwechselstörung eine internisti-
sche Erkrankung ist, entdecke ich sie als erster nur einige Male im
Jahr - und das bei über fünf Millionen Zuckerkranken in Deutschland - vielmehr schicken mir Urologen und Frauenärzte die meisten
Patienten mit der Bitte um Abklärung und Behandlung. Die Bakteri-
en und Pilze „mögen es süß" und so kommt es vermehrt zu Entzündungen im Urogenitalbereich.
Dabei ist der Zucker in Form von Traubenzucker - auch Glucose ge-
nannt - ein lebensnotwendiger Energielieferant für die Zellen des
Körpers, vor allem für Gehirn und Muskulatur!
Die Glucose entsteht im Magen-Darm-Trakt durch Aufspaltung der
Kohlenhydrate, - das sind alle Getreideprodukte, Gemüse, vor allem
Kartoffeln, Obst und „alles Süße", - die mit dem Blut zu den einzelnen Gewebszellen gelangt. Damit aber die Zellen nicht von Glucose
überhäuft werden, sind die Zellwände für den Traubenzucker zunächst undurchlässig.
Das Hormon Insulin, das von der Bauchspeicheldrüse gebildet, verstärkt ins Blut ausgeschüttet wird, wenn mit der Nahrung Zucker in
den Körper gelangt, wirkt wie ein Schlüssel zum Schloss und entrie-
gelt die Zellmembran, wodurch es zum Einwandern der Zuckerener-
gie kommt. Somit spielt das Bauchspeicheldrüsenhormon eine ganz
entscheidende Rolle in der Zuckerregulierung: Es beherrscht den
Einlassmechanismus von Glucose in die Zelle und verhindert damit,
dass der Zuckerspiegel im Blut gefährlich hohe Werte erreicht. Es
gibt zwei grundsätzlich verschiedene Ursachen für die Entstehung
einer Zuckerkrankheit: Es kann die nötige Menge von Insulin feh-
len, das ist der Typ 1 Diabetes, oder aber der Einschleusmechanis-

mus von Glucose in die Zelle ist gestört, weil eine Unterempfind-lichkeit der Zelle gegenüber dem Insulin besteht, das ist der Typ II Diabetes. Infolge des gestörten Einlassmechanismus von Glucose in die Zelle auch Insulinresistenz genannt- kommt es zunächst zu ei-nem Ausgleich durch eine gesteigerte Insulinausschüttung. Im Laufe von Jahren entwickelt sich aber daraus eine Erschöpfung der Insulin produzierten Zellen, was letztendlich auch einen Insulinmangel zur Folge hat. Beide Formen der Zuckerkrankheit sind eine erblich be-dingte und chronische Stoffwechselerkrankung.

Der Insulinmangeldiabetes - also Typ 1 - wurde früher auch Jugend-licher Diabetes genannt, weil er meist normgewichtige Kinder und Jugendliche befällt, die natürlich sofort einer intensiven Insulinthe-rapie bedürfen.

Der Typ II Diabetes wurde früher Alters Diabetes genannt. weil zu der „schlechten Erbmasse" noch das Alter - über vierzig Jahre - hin-zukommt. Das größere zusätzliche Risiko sind aber vor allem das Übergewicht und die mangelnde Bewegung. Deshalb haben heutzu-tage oft schon Kinder Altersdiabetes, weil sie zu fett sind, sich stun-denlang mit Computerspielen beschäftigen, statt Bewegungsspiele, wie Fang-, Ball- oder Fahrradspiele zu betreiben. Hieraus ergibt sich der therapeutische Ansatz, nämlich mehr Muskelarbeit, Gewichts-abnahme und Ernährungsumstellung: Kohlenhydrate 50-55%, Fette 30-35% und Eiweiß 15%.

Die Hälfte aller Menschen mit einer Zuckerkrankheit - die Vertei-lung ist Typ II 90% und Typ I 10% - verspüren in den ersten Jahren keine Beschwerden, weshalb jährliche Kontrollen, besonders bei erblich Belasteten und Fettsüchtigen sinnvoll sind.

Die diabetischen Folgeschäden betreffen die kleinen und großen Blutgefäße, sowie das Nervensystem; das heißt, es kommt zu einem schweren Nierenschaden bis hin zurr Nierenversagen, es kommt zu Sehstörungen bis hin zur Erblindung, es kommt zu Herzerkrankun-gen mit Herzinfarkt, es kommt zu Durchblutungsstörungen der Bei-ne bis zur Amputation oder Gefühllosigkeit oder Missempfindungen von Händen und Füßen. Wissenschaftler fragen sich natürlich wieso diese diabetische „Erbmasse" nicht bereits in früheren Zeiten bei der schlechten medizinischen Versorgung ausgestorben ist. Aber, die Menschheit hatte mit der Nahrungsaufnahme immer die körperliche Anstrengung verbunden: Sammeln, Jagen, Anpflanzen, Ernten,

Speisezubereitung, so dass die Zuckerkrankheit Typ II niemals ausbrechen konnte.

Zumal Notzeiten wie Naturkatastrophen oder Kriege die Fettdepots haben „schmelzen" lassen.

Heute glaubt man seinen Fettranzen ein Leben lang ungestraft durch die Gegend zu tragen. Aber es heißt doch: Wohlstand macht krank! Ich füge hinzu: Nicht zwingend.

Wenn die Muskeln schmerzen

Die häufigsten nicht verletzungsbedingten Ursachen für Muskelschmerzen sind Muskelkater und Muskelkrämpfe.
Früher glaubte man, dass es ausschließlich durch die Anreicherung von Stoffwechselprodukten, insbesondere von Milchsäure, zum Muskelkaterschmerz kommt. Heute, im Zeitalter des Elektronenmikroskops, wissen wir, dass vielfach kleine Zerreißungen an den Muskelfasern, teilweise verbunden mit Entzündungen oder sogar Abbau von kleinsten Muskelstrukturen die Schmerzen verursachen.
Jeder kennt den Muskelkater und kennt auch die Ursachen, die ihn auslösen können: Das sind vor allem ungewohnte körperliche Arbeiten nach längerem Nichtstun oder Bewegungen, die noch neu sind oder, wenn das Zusammenspiel der Muskeln, infolge Erschöpfung, nicht mehr stimmt, vor allem auch ruckartige Belastungen, wie starten und stoppen bei Spiel und Sport oder das Abfangen des eigenen Körpergewichts beim Bergabgehen. Typischerweise bemerkt man die Schmerzen, oft verbunden mit Kraftlosigkeit und Steife, erst nach einem so genannten symptomfreien Intervall, also nach vielen Stunden bis zu einem Tag, wenn also „alles zu spät ist", so dass manchmal sogar der Leidende das auslösende Ereignis vergessen hat, zumal er vielleicht der Tätigkeit keine Bedeutung beigemessen hat, wie zum Beispiel eben mal nur mitgeholfen hat, einen Schrank zu verstellen oder etwas auf oder abzuladen. Eine medikamentöse Behandlung gibt es natürlich nicht, weil erst wieder etwas heilen muss. Aber in spätestens acht bis zehn Tagen müssen alle Beschwerden vorbei sein, sonst stimmt die Diagnose nicht; denn zu bleibenden Schäden kommt es nicht.
Bei allen Muskelkrämpfen liegt eine gesteigerte nervliche oder muskuläre Erregbarkeit vor, die wiederum auf sehr vielen unterschiedlichen Ursachen beruhen können. Es gibt beispielsweise ursächliche Verbindungen mit Wirbelsäulenleiden, Durchblutungsstörungen, Zuckerkrankheit, Alkoholismus oder der Einnahme verschiedener Medikamente, aber auch nicht krankheitsbedingt mit Schwangerschaft, einseitiger Ernährung, seelischem Druck oder übermäßiger sportlicher Betätigung.
Übrigens können Muskelkrämpfe auch Muskelkater verursachen, so dass man noch tagelang Schmerzen haben kann.

Aber gegen Muskelkrämpfe gibt es sowohl vorbeugend als auch akut eine Therapie: Durch Dehnung des krampfenden Muskels ist es eigentlich immer möglich die Krämpfe zu lösen, das geht sogar beim Schwimmen. Man muss nur solange den krampfenden Muskel mit Gewalt strecken, bis der Schmerz nachlässt. Beispielsweise sollte man beim Wadenkrampf, dem häufigsten aller Krämpfe - vor allem auch nachts - die Fußspitze kräftig in Richtung auf das Schienbein drücken.

Vorbeugend kann man Chinin - die Amerikaner trinken Sweappes-Wasser - vor allem aber Magnesium einnehmen. Der Arzt kennt noch zusätzlich muskelentspannende Medikamente.

Nur in Ausnahmen ist Magnesiummangel selbst die Ursache für den Krampf, im Gegensatz zu den alltäglichen Behauptungen meiner Patienten.

Viele Sätze lassen sich eben nicht umkehren! Sonst hätte der Mensch, dem Aspirin gegen Kopfschmerz hilft, schließlich Aspirinmangel.

Lieber arm dran als steinreich

Ein eifriger Leser dieser Zeitschrift bat mich neulich, etwas über Nierensteine zu schreiben, da er seit Jahren einen solchen habe, was ihn schließlich beunruhige.

Nun muss man wissen, dass er da gar nichts Besonderes besitzt, denn es wird vermutet, dass im Laufe des Lebens jeder Mensch einmal einen Stein bildet, der ohne Beschwerden abgeht oder stumm ist, also keine Beschwerden macht.

Aber etwa drei Prozent der Bevölkerung leidet nun doch unter Harnsteinen! Das typische Krankheitszeichen ist dann die Kolik. Das ist ein langsam sich steigernder bis zum unerträglichen gehender, wellenförmiger, krampfartiger Schmerz oft in Verbindung mit Brechreiz. In diesem Fall sollte ein Arzt hinzugezogen werden.

Grundsätzlich können sich in fast allen Hohlorganen und ebenso auch in allen drüsigen Organen Steine bilden. Dementsprechend werden sie auch benannt, also zum Beispiel Blasensteine, Gefäßsteine und Kotsteine oder aber Bauchspeicheldrüsensteine, Vorsteherdrüsensteine oder Speicheldrüsensteine.

Die Ursachen speziell der Harnsteinbildung sind noch nicht bis in alle Einzelheiten geklärt; jedenfalls kann es bei einer bestimmten Harnzusammensetzung zu einer Kristallbildung kommen, deren Zusammenlagerung dann die Steinbildung ergibt. Natürlich spielt dabei die Harnkonzentration, also die zu große Menge steinbildender Substanzen eine große Rolle. Ein typisches Beispiel hierfür ist die Gicht, bei der es durch die Mehrausscheidung von Harnsäurekristallen zu einer Steinbildung kommen kann, wobei der Säurewert des Urins bei all diesen Vorgängen auch von Bedeutung ist.

Außerdem besteht die Gefahr der Harnsteinbildung immer dann, wenn an irgendeiner Stelle des Harnwegesystems ein Stau besteht, der zum Beispiel durch Harnleiterverengung - angeboren oder durch ein Tumorwachstum - oder durch Vergrößerung der Vorsteherdrüse des Mannes, aber auch allein durch ständiges Liegen - also bei Bettlägerigkeit - und man staune, auch schon einseitiges Schlafen - also auf der selben Seite - verursacht werden kann! Interessanterweise machen die kleineren Steine infolge ihrer vermehrten Beweglichkeit die starken Schmerzen. Hier gilt die Regel, je kleiner der Stein desto größer die Kolik. Der große Stein ruht und wird oft - wenn er sich nicht durch blutigen Urin oder Entzündungen verrät - zufällig entdeckt. Siebzig Prozent der Harnsteine gehen erfreulicherweise von selbst ab, die großen Steine aber sollten vom Arzt regelmäßig kontrolliert werden, da hier die Gefahr eines Rückstaues und damit einer nicht mehr zu heilenden Nierenschädigung droht! Somit sind Steine, die keine Koliken verursachen, viel gefährlicher. Sobald die Zusammensetzung des Steins bekannt ist, können vom Arzt erteilte spezielle Ernährungsrichtlinien eingehalten werden. Dagegen sind viele allgemeinverbreitete Diätempfehlungen in ihrer Wirksamkeit nicht bewiesen. Ein Ausgleich zum Beispiel der Bewegungsarmut durch viel Bewegung oder bei einseitiger Ernährung durch Mischkost ist sicher richtig. Vor allem sollte die Trinkmenge so groß sein, dass mindestens 1 1/2 Liter Harn pro Tag ausgeschieden werden.

Also viel trinken und viel Wasserlassen hat sich gegen die Harnsteinbildung auf jeden Fall bewährt, was allerdings vor einem Stein im Innersten des Herzens schützt, steht auf einem ganz anderen Blatt.

Der Winterspeck

Der nächste Winter kommt bestimmt und mit ihm die typischen Gefahren: Da ist vor allem die Glätte, die über's Jahr irgendwo immer auf uns lauert, jetzt aber in Form von gefrorenen Niederschlägen uns voll erwischen kann; dann die feuchte Kälte, die sich schlecht isolieren lässt und daher durch die Kleidung geht und auch die Haut und Schleimhäute angreift.

Aber am heimtückischsten finde ich den so genannten Winterspeck. Das ist jene Fettansammlung, die ganz langsam in Folge eines Missverhältnisses zwischen Energiezufuhr und Energieverbrauch entsteht und leider oft erst im Frühjahr, wenn die Kleider mehr Figur betonen, entdeckt wird.

Während zum Beispiel die Ratten nach Kalorienverbrauch fressen - das haben Versuche im Laufrad ergeben - essen wir Menschen als „Gewohnheitstiere" unser übliches Quantum, das dann kalorisch zu viel ist, wenn der Verbrauch in Folge klimatischer Ursache, sprich Sauwetter, abnimmt.

Unser Körper ist eine exakte Waage, die nicht verbrauchte Nahrungsenergie in Fett umwandelt, das eigentlich als Energiespeicher für Notzeiten von der Natur vorgesehen ist. Es ergeben ungefähr 9000 Kalorien 1 kg Menschenfett: Das bedeutet bei einem täglichen Überschuss von nur 100 Kalorien (zum Beispiel eine Scheibe trockenes Mischbrot, eine Banane oder ein kleines Bier) in drei Monaten eine Gewichtszunahme von einem Kilo!

Da wir meist keine Notzeiten haben, kann es im Laufe von Jahren zu einer ganz beträchtlichen Ansammlung von Fett kommen, was zunächst nur als „Wohlstandsbäuchlein" in Erscheinung tritt, dann aber, wenn sie 30% des Normalgewichtes überschreitet, vom Mediziner als Fettsucht bezeichnet wird. Das Normalgewicht in kg ermittelt sich aus Körpergröße in Zentimeter minus 100.

Die Folgen der Übergewichtigkeit sind bekanntlich die Zuckerkrankheit, Gicht, Gefäßerkrankung durch zuviel Cholesterin, der Bluthochdruck mit der Gefahr zum Beispiel von Hirnschlag und Herzinfarkt. Hinzu kommt der vermehrte Verschleiß von Gelenken und Wirbelsäule, ein erhöhtes Operationsrisiko, aber vor allem eine deutliche Erschwernis bei den alltäglich notwendigen Pflege- und Hilfeleistungen.

Man sieht: Kleine Ursache, aber große Wirkung. Hier hilft nur der tägliche, mutige Griff zum Zünglein an der Waage!

Wachsein und Schlafen

Spannung und Entspannung, Kräfte abgeben und sammeln sind sich abwechselnde Lebenszustände, die eine Einheit darstellen. Der Schlaf ist kein totenähnlicher Zustand, vielmehr wird während des Schlafes aktiv aufgebaut und Energie gesammelt, die für die Gesundheit notwendig ist. Wer also unter Schlafstörungen leidet, ist tagsüber weniger körperlich und geistig leistungsfähig, schlimmer noch: die Hälfte aller Arbeits- und Autounfälle sind auf mangelnden Schlaf zurückzuführen. Ich erinnere daran, dass durch die Übermüdung des Personals beziehungsweise der Mannschaft die Reaktorkatastrophe von Tschernobyl, das Öltankerunglück der „Excon Valdez" und auch zum Teil der Absturz der Raumfähre „Challenger" verursacht worden sind.

Seit die Hirnströme sowie weitere Aktivitäten während des Schlafes gemessen werden - so etwas wird in einem so genannten Schlaflabor durchgeführt -, weiß man, dass der Schlaf aus verschiedenen Abschnitten besteht. Vieles ist noch ungeklärt, so weiß man noch nicht einmal wie das Einschlafen entsteht, aber etwa eineinhalb Stunden nach Schlafbeginn und weiterhin in regelmäßigen Abständen fünf- bis siebenmal treten die Traumschlafphasen auf, die man an raschen Augenbewegungen erkennt. Die Summe der Traumschlafabschnitte machen ein Viertel des Gesamtschlafes aus. Drei Viertel des Schlafes bestehen aus dem so genannten Tiefschlaf, wobei wiederum vier unterschiedliche Schlaftiefen feststellbar sind.

Schlaflosigkeit ist dann ernst zu nehmen, wenn sie dreimal wöchentlich über mehr als einen Monat besteht, und wenn sich zunehmend ein Leidensdruck entwickelt. Der Schlafbedarf ist von Mensch zu Mensch so unterschiedlich wie auch sein persönliches Schlafverhalten, wie wohl oft der ganze Tagesablauf darüber entscheidet, ob der Schlaf von Nutzen war.

Es gibt keine Regeln, wie lange ein gesunder Schlaf dauern muss, auch kurzer Schlaf kann ausreichen, nachts aufzuwachen, ist völlig normal. Schlafstudien haben übrigens ergeben, dass oft die Eigeneinschätzung der Schlafdauer, sowie die Anzahl des nächtlichen Erwachens selten genau mit der Wirklichkeit übereinstimmen.

Schlafgestörte wachen oft nur für wenige Sekunden auf, haben aber das Empfinden, die ganze Nacht kein Auge zugemacht zu haben. In einer hausärztlichen Praxis leidet etwa jeder fünfte Patient unter Schlafstörungen, wobei am häufigsten Ein- oder Durchschlafstörungen oder zu frühes morgendliches Erwachen sind. Die Schlafmedizin unterscheidet ungefähr neunzig verschiedene Schlafstörungen. Die häufigsten Ursachen der Schlafstörungen werden unter dem Begriff der mangelnden „Schlafhygiene" zusammengefasst, das sind jene gut bekannten, aber leider zu oft missachteten Verhaltensweisen und Regeln wie: keine Aufregung zu später Stunde (zum Beispiel Fernsehkrimi), tagsüber für körperliche Müdigkeit sorgen (Sport, Abendspaziergang), nicht mit vollem Magen ins Bett gehen (letzte große Essen drei Stunden vor dem Schlaf), keine belebenden Getränke abends zu sich nehmen (Kaffee, schwarzer Tee, Colagetränke), regelmäßige Schlaf- und Aufwachzeiten einhalten (Probleme der Schichtarbeit und des Zeitzonenwechsels), auf die richtige Raumtemperatur (vierzehn bis achtzehn Grad Celsius), das Abdunkeln und die Ruhe zu achten. Leider entstehen Schlafprobleme oft durch Erkrankungen, die Schmerzen oder Trauer, Angst und Spannungen verursachen.

Benötigt jemand täglich Schlaftabletten, sollte die Einnahme vier Wochen nicht überschreiten; bei unregelmäßiger Tablettenbenutzung ist jedoch eine Langzeitbehandlung möglich. Schlaftabletten sollten niemals unkontrolliert eingenommen werden. Hier ist die Absprache mit dem Arzt vonnöten, der bei lang dauernden Beschwerden eine psychologische Behandlung mit Ursachenerforschung veranlassen wird. Besonders erfolgreich ist dabei die Kombination mit Entspannungsverfahren (zum Beispiel autogenem Training), die dem Patienten in Kursen erlernt werden und die er dann selbständig anwenden kann. Sicherlich ist Schlaf als aktive Tätigkeit auch eine Begabung, die man in unterschiedlichem Maße erbt - wie Musikalität oder Sprachverständnis - und die man durch Lernen fördern kann. Außerdem gilt immer noch der alte Spruch: Ein sauberes Gewissen, ist ein sanftes Ruhekissen!

Von Beschwerden und Krankheiten

Die Gesamtmenge aller Krankheiten ist sicherlich viel größer, als die der unterschiedlichen Beschwerden. Diese Tatsache macht das Erkennen einer Erkrankung so schwierig, da ja nur ein einziges Symptom viele Diagnosen möglich machen.

Das Symptom Kopfschmerz zum Beispiel kann über 165 verschiedene Ursachen haben, dem gegenüber hat das Symptom Ohrengeräusch sehr viel weniger Erkrankungen als Ursache.

Neben diesem Problem der unterschiedlich diagnostisch verwertbaren Aussagekraft von Symptomen kommt noch eine weitere Erschwernis bei der Diagnosefindung hinzu, nämlich dass Schmerzen - oder Beschwerden anderer Art - manchmal gar nicht dort verursacht werden, wo man sie empfindet. So können Augenschmerzen von der Halswirbelsäule oder Ohrenschmerzen von einem Zahn herrühren. Folglich geht der Patient mit einer Fehlstellung der Halswirbelsäule zum Augenarzt und der mit einem spät wachsenden Weißheitszahn zum Hals-Nasen-Ohren-Arzt. Bekanntlich nennt man diese auf ein falsches Organ bezogene Beschwerden: Ausstrahlung, wobei „gemeiner Weise" das verursachende Organ sogar völlig „stumm" sein kann.

Als Internist erlebe ich vergleichsweise am häufigsten, dass ein Organ, das Beschwerden macht, selbst überhaupt gar nicht krank ist, sondern ausschließlich die Nerven, welche die Organtätigkeit steuern.

Hierbei handelt es sich um das so genannte vegetative Nervensystem, das normalerweise nicht durch den Willen oder das Bewusstsein beeinflusst werden kann. Das vegetative Nervensystem arbeitet also völlig selbstständig und besteht aus einem aktiven, kämpferischen und damit Energie entladenden Anteil-Sympatikus genannt - und einem Energie speichernden so genannten Parasympatikus, zuständig für Erholung und Aufbau. Ein dritter nervaler Anteil befindet sich in den Wänden der so genannten Hohlorgane also Herz, Magen, Darm, Blase, Gebärmutter.

Leider ist dieses vegetative Nervensystem nicht so gut „isoliert", dass die auf den Menschen einwirkenden Belastungen - gleichgültig, ob unangenehmer oder erfreulicher Art - nicht störend Einfluss nehmen können. Deshalb nennt man auch diese Störungen psycho-vegetative Beschwerden.

Dabei ist, wie gesagt, das Organ selbst nicht erkrankt, obwohl es sich zum Beispiel als Reizblase wie eine Blasenentzündung melden kann oder sogar krampfen kann. Alle Hohlorgane können krampfen: zum Beispiel der Magen als Oberbauchkolik, gewisse Adern im Gehirn als Migräne, das Bronchialsystem mit dem Krankheitsbild des Asthmas oder die Gebärmutter - griechisch: Hystera - in Form von Wehen, woher übrigens der Ausdruck „hysterisch" stammt.

Nachdem wir wissen, dass die Gebärmutter selbst „unschuldig" ist, wird heutzutage medizinisch das Wort hysterisch nicht mehr benutzt, sondern man spricht meistens von psychisch bedingt oder psychogen. Griechisch: Psyche = Seele.

In Bayern macht man es sich in dieser Beziehung ganz einfach. Alles, was nicht organisch erkrankt ist, heißt: eibuit. Hier und da heißt es auch schon einmal: die Nerven san's, ansonsten aber: eibuit! Wer aber bitte, ist schon so „bläd", dass er sich einfach einen Schmerz einbildet? Nein, ein jeder hat wirklich seine Beschwerden, auch wenn die Ursachen unterschiedlicher Natur sind. Übrigens, der so genannte eingebildete Kranke ist selten und dann aber eine psychiatrische Erkrankung.

Beschwerden, welcher Art auch immer, gehören durch den Arzt abgeklärt, der durch Aufklärung vor allem die Angst nehmen kann, zumal man mit manchen Symptomen, weil sie nicht therapierbar sind, weiter leben muss.

Es gibt neuerdings auch den Begriff der Nichtkrankheiten, wie zum Beispiel Tränensäcke, Glatze, Cellulitis, Darmgeräusche, Herzstechen.

Wenn man den wirklich komplizierten Bau und die physikalisch-chemischen Arbeitsvorgänge des Menschen betrachtet, finde ich es immer wieder erstaunlich, dass man normalerweise beschwerdefrei ist. Welch ein Wunder! Daher gibt es in Bayern den Spruch: Wennsd aufwachst und nix spürst, kannts sei, dass'd hi bist!

Wer kennt nicht Schwindel

Die Gleichgewichtsstörungen sind - neben dem Symptom Schmerz - die häufigsten Gründe, warum die Patienten in meine Praxis kommen; deren Unterscheidung, ob es sich nur um eine harmlose - wenn auch eindrucksvolle - Erscheinung oder aber um ein *erstes* Warnzeichen und Ausdruck einer echten Erkrankung handelt, nur durch den Arzt mittels genauer Befragung und Untersuchung möglich ist. Das eigentliche Gleichgewichtsorgan sitzt im Schädelknochen direkt hinter der Ohrmuschel. Für die Gleichgewichtserhaltung sind aber die Zusammenarbeit mit Hirn, Gehör, Augen, Halsmuskeln und Halswirbeln notwendig. Aus dieser komplizierten Tatsache ergibt sich auch unter anderem eine Einteilung des Schwindels nach den verschiedenen Ursprungsorten, also hirn-, ohren-, augen-, halswirbelbedingt.

Je nach dem Entstehungsort der Gleichgewichtsstörung kann man auch eine andere Art und Form des Schwindels feststellen. So gibt es den Dreh-, Schwank- und Liftschwindel, die Fallneigung oder nur allgemeine Gangunsicherheit. Man sollte sich als Patient genau beobachten, um diese Erscheinungen beschreiben zu können und sich auch die Frage nach den Umständen, die die Gleichgewichtsstörung beeinflussen, stellen, sowie auf evtl. Begleiterscheinungen wie z. B. Depressionen, Schwäche, Schwarzwerden vor den Augen oder Übelkeit achten.

So kann man den Schwindel auch nach den Ursachen definieren - z.B. die Reisekrankheit, Hirnerschütterung oder Durchblutungsstörung. Letztere ist übrigens der Auslöser für die häufigste Gleichgewichtsstörung, der so genannte Altersschwindel, der aus Gangunsicherheit, Schwanken und Fallneigung besteht.

Ich vermute aber, der allerhäufigste Schwindel ist gar nicht ein medizinischer, sondern der vor Gericht.

Irren ist menschlich,

deshalb möchte ich über einige Irrtümer aus meinem medizinischen Alltag erzählen. Da gibt es ganz unterschiedliche Fehler, z. B. wenn jemand statt von einem Antibiotikum immer in der Mehrzahl von Antibiotika spricht, also sagt er dann: „Ich habe Antibiotika bekommen", wobei er in Wirklichkeit nur ein Antibiotikum zu sich nahm. Was man bei der Anwendung von Zäpfchen alles falsch machen kann, habe ich häufiger erlebt. So meinte ein Patient: „Die Zäpfchen würden die Schmerzen gut beseitigen, aber sie schmecken so fürchterlich fett." Ein anderer klagte: „Er könne die Zäpfchen nicht mehr einführen, weil sein Hintern ganz wund sei." Er hatte tatsächlich vor der Anwendung nicht die Silberpapierumhüllung entfernt. Auch das Einführen des Zäpfchens in die falsche Öffnung ist schon manchmal vorgekommen. Häufig erlebe ich auch folgenden Trugschluss: Der Patient sagt zu mir: „Seitdem ich ihr Medikament bekommen habe, geht es mir viel schlechter." Früher kochte es dann in mir - manchmal bis kurz vor dem Zerplatzen -, wusste ich doch genau, dass die Erkrankung selbst die Beschwerden verursachten. Schließlich hatte er - laut meinen Aufzeichnungen - deshalb überhaupt meine Praxis aufgesucht. Heute antworte ich einfach: „Das ist ja wunderbar!" Der Patient erstaunt: „Wieso denn?" Ich erwidere dann: „Jetzt brauchen wir nur das Mittel abzusetzen und es geht Ihnen wieder besser." Der Patient: „Glauben Sie das, Herr Doktor?" Meine Antwort: „Ich nicht, aber Sie doch schließlich." Auf diese oder ähnliche Weise ist dann oft sehr schnell der Irrtum behoben.

Eine anerkannte vorbeugende Maßnahme zur Verminderung eines Infarktes ist die Gabe von Aspirin oder ähnlich wirkenden Stoffen. In diesem Zusammenhang wird dann häufig behauptet, dass dadurch das Blut verflüssigt oder dünner wird. Als Folge dieser falschen physikalischen Vorstellung kommt dann der Patient zu der entsprechend irrigen Annahme, dass das Blut besser durch die Adern ströme und deshalb auch schneller fließe. Aber die Wahrheit ist, dass ausschließlich die Gefahr der Verklumpung der Blutplättchen, also die Gerinnselbildung in den Adern, und damit die Verstopfung der Blutgefäße vermindert wird.

Immer wieder erlebe ich, das jemand behauptet, die Nieren täten ihm weh und dabei auf seine Lendenmuskeln deutet. Die Nierenlager befinden sich aber rechts und links seitlich von den Lendenmuskeln und für den Fachmann ist die Unterscheidung relativ einfach. Die Lendenmuskeln - das sind die starken Muskelstränge beidseits der Wirbelsäule - halten uns den ganzen Tag im Stehen wie im Sitzen aufrecht. Sie sind also ständig in Anspannung, so dass bei Fehl- oder Überbelastung oder Abkühlung ein so genanntes Lendenweh, bei plötzlichem Vorgang ein Hexenschuss entstehen kann. Man sollte also niemals mit einer Diagnose zum Arzt gehen!

Das Symptom Herzschmerz ist der häufigste Beschwerdekomplex dem der Arzt in der täglichen Praxis begegnet, dessen Unterscheidung, ob organisch, - also, ein „echter Herzschmerz" - oder aber ein fälschlich auf das Herz bezogene Schmerzsensation, allein schon aufgrund einer genauen Befragung in achtzig Prozent möglich ist. Dabei frage ich oft den Patienten, wo er denn glaubt, dass sein Herz sich überhaupt befindet. Viele zeigen dann unter der Vorstellung, dass der Brustraum mit den Rippenbögen abschließt auf eine Stelle mehrere Zentimeter unterhalb der linken Brustwarze, also auf den Bauchraum beziehungsweise den Dickdarm, wobei hier oft tatsächlich Blähungen die vermeintlichen Herzschmerzen verursachen; in Wirklichkeit liegt aber doch das Herz etwa faustgroß, mitten hinter dem Brustbein.

Früher habe ich dem Patienten meist nur klare medizinische Anordnungen mit auf den Weg gegeben, die genau ausgeführt wurden. Heute kläre ich auf, empfehle oder überrede. Der informierte Patient denkt mit - und das ist richtig so -, aber denken hinterlässt auch Folgen: Manchmal eben irrige.

Drei Namen, aber ein Wirkstoff

Kaum einem meiner Patienten ist bekannt, dass jedes Medikament eigentlich drei verschiedene Namen besitzt. Wer kennt schon die Bezeichnung: 7-Chlor-1-methyl-5-phenyl-1H-1,4-benzodiazepin-2(3H)-on? Das ist der chemisch definierte Name des Beruhigungsmittels: Valium. Während das Wort Valium ein reiner Phantasiename der Vertriebsfirma ist, wird die chemisch-wissenschaftliche Benennung ausschließlich von der atomaren Zusammensetzung des Wirkstoffmoleküls bestimmt und wird um so „silbenfreudiger", je größer und komplizierter das Molekül zusammengesetzt ist.
Eine solche Art der „Benamung" ist für den Fachmann also den Chemiker, Pharmakologen oder Arzt sinnvoll, aber - eine wissenschaftliche Tagung über diesen Wirkstoff könnte man bei solch einem langen Namen nicht abhalten, ohne dass dem Redner die Luft ausginge! Also musste man sich eine Kurzbezeichnung - auch Generikum genannt - einfallen lassen, in unserem Fall heißt der Wirkstoff dann: Diazepam.
Wenn ein Medikament einen guten Absatz findet, wird es nach Ablauf des Patentschutzes auch von anderen Firmen mit neuem Phantasienamen vertrieben. Unbelastet von Entwicklungskosten können diese Medikamente billiger angeboten werden, daher heißen diese nachgeahmten Mittel auch oft „Billigpräparate", wobei die meisten Vertriebsfirmen den eigentlichen Wirkstoff von einigen wenigen produzierenden Firmen kaufen. Sie selbst stellen oft nur das Endprodukt also z.B. Tabletten, Kapseln, Zäpfchen oder Salben und eventuell die Verpackungen her.
Billig heißt also in diesem Fall meistens preiswerter und nicht schlechter, wie vergleichende Studien ergeben haben. Preis und Qualität sind ja schon lange nicht mehr übereinstimmend, so dass ältere Patienten, die aus der Zeit „gut und teuer" stammen, dann Probleme haben, wenn ich mich bemühe, sie kostensparender zu therapieren.
Eigentlich müssten alle „Nachahmerpräparate" ungefähr den gleichen Preis haben, leider klafft aber der Preis oft um das Mehrfache auseinander. In meinem Arzneimittelverzeichnis gibt es ungefähr 450 pharmazeutische Unternehmer, die aus 1.677 Generika 9.651 verschiedene Präparate herstellen. Einerseits senken die „Nachah-

merpräparate" meistens den Preis des Originals, andererseits belastet diese Fülle die Apotheker und Ärzte gewaltig und führt beim Patienten leider oft zu Verwirrungen.

Neulich zeigte mir eine Patientin ein Schmerzmittel, das sie von ihrer Freundin erhalten hatte. Sie beteuerte, dass es viel wirksamer sei, als das von mir verschriebene Medikament. Ich verglich beide Inhaltsstoffe und zu meinem Erstaunen stellte ich fest, dass beide den gleichen Wirkstoff in gleicher Stärke enthielten. Der Unterschied bestand ausschließlich in einem anderen Phantasienamen der Firma. Natürlich freute ich mich mit ihr über ihre positive Beobachtung und verschrieb ihr selbstverständlich das Mittel der Freundin; denn der Glaube versetzt bekanntlich sogar Berge.

Nicht nur der Arzt macht Fehler

Zum Jahreswechsel schaut man gerne auf seine Leistungen zurück und man fragt sich: Was ist alles gelungen - was hätte man besser machen können? Dabei wirft man natürlich auch einen Blick auf seine Patienten: In wie weit hätten sie dem Arzt die Arbeit leichter machen können bzw. helfen können, bessere Ergebnisse zu erzielen: denn das Ziel heißt: Rasche Diagnose und schnelle Heilung, zumindest Linderung der Beschwerden.

Die Diagnosefindung ist ein detektivischer Akt: Das Verbrechen ist die Krankheit, der Detektiv der Arzt.

Die Arbeit besteht zunächst im Fakten sammeln, anschließend im Zusammenhänge finden. Nachdem die Fakten, also die Beschwerden unzählig von A wie Appetitlosigkeit bis Z wie Zittern sind und sich jedes Organ auch nur mit uncharakteristischen Symptomen melden kann, muss der Arzt wie ein Kriminologe die Fülle der Möglichkeiten einengen.

Dazu braucht er - wenn möglich genaue Angaben des Patienten, der sich möglichst vor dem Arztbesuch intensiv Gedanken darüber gemacht haben sollte, was ihm eigentlich fehlt: Wo sind die Beschwerden, seit wann bestehen sie, sind sie ständig oder vorübergehend, nehmen sie an Intensität zu oder ab, wie ist der Charakter der Schmerzen, z.B. stechend, drückend, krampfend, ziehend. Selbstverständlich ist es manchmal schwer, einen Schmerz zu beschreiben, typisch kann sogar die Beschreibung unbeschreibbar sein oder: Da fühl ich etwas, wo man eigentlich nichts spürt.

Wichtig ist auch die Beobachtung von Zusammenhängen: Was wirkt provozierend oder lindernd. Es ist immer sehr sinnvoll, Beobachtungen und Auffälligkeiten oder Fragen zu notieren, und diese Aufzeichnungen in die Praxis mitzubringen. Ein häufiger Fehler ist der Versuch der Eigendiagnostik mit entsprechender Selbsttherapie. Auf Grund der fehlenden Objektivität ist die richtige Bewertung und Zuordnung eigener Beschwerden kaum möglich. Die daraus resultierende Fehldiagnose führt entsprechend zur falschen Therapie.

Deshalb braucht selbst ein Arzt im Krankheitsfall einen Kollegen, der ihm hilft!

In diesem Zusammenhang ist es mir aufgefallen, dass ein kranker Heilpraktiker dann selten zum Kollegen, sondern zum so genannten

„Schulmediziner" geht. Manche Patienten sind im Falle eines Ausbleibens eines Erfolges zu schnell bereit, den Arzt zu wechseln. Für manche Krankheiten ist es aber charakteristisch die verschiedenen Wirkstoffe nach Wirksamkeit am Patienten erst probieren zu müssen. Natürlich kann zufällig das 1. Mittel helfen, wenn aber sogar das 3. Mittel nicht geholfen hat, geht bei Arztwechsel die Information, was half bisher nicht, verloren.

Oft braucht man zur Heilung einer Erkrankung gar keine Medikamente. Bei gutartigen Krankheiten ist die Natur oft der beste Heiler. Man muss also nur die Ursache erkennen und sie beseitigen. Das beste Beispiel ist ein nervöses Magenleiden infolge Examensbelastung: Nach bestandener Prüfung schwinden die Beschwerden. Die Suche nach einem Spezialisten, also Facharzt, sollte man nicht selbst übernehmen, da normalerweise nur durch eine Vordiagnostik durch den Hausarzt der richtige Spezialist angesteuert werden kann; man bedenke, dass es allein für das Symptom Kopfschmerz ungefähr 165 Ursachen gibt und für das Symptom Schwindel mindestens 7 Fachärzte zuständig sind.

Der häufigste Fehler ist die Einnahme der Medikamente nach Gutdünken sowohl was die Dosis, als auch die Dauer angeht. Dabei wirkt erst durch die richtige Dosis ein Wirkstoff als Heilmittel, sodass sich gerade hier die Erfahrung eines Heilers auswirkt.

Aus meinem Alltag: Ratlos und fast verzweifelt über den ausbleibenden Heilerfolg fragte ich meinen Patienten, wie er denn die verordnete Medizin eingenommen hätte. Er antwortete: Glauben sie mir, ich habe sie schon gekauft!